GÉRARD MORDILLAT
JÉRÔME PRIEUR

Corpus Christi

Christos

arte
Éditions

ÉDITIONS MILLE ET UNE NUITS

MORDILLAT/PRIEUR

Texte intégral

INÉDIT

Ce livre est tiré de la série télévisée *Corpus Christi* coproduite par Archipel 33 et La Sept/Arte.

ISBN : 2-84205-136-X
Achevé d'imprimer en mars 1997
par G. Canale & C. Spa (Turin, Italie)

Sommaire

Évangile selon Jean (XIX, 17 à 22)

Ils prirent donc Jésus
Et portant lui-même sa croix
Jésus sortit vers le lieu dit « du crâne »
Qui en hébreu se dit Golgotha
Où ils le crucifièrent
Et avec lui deux autres
Un de-ci, un de-là
Et au milieu Jésus.
Pilate écrivit aussi un écriteau
Et le fixa sur la croix
Il y était écrit
« Jésus le Nazôréen, le roi des Juifs »
Cet écriteau beaucoup de Juifs le lurent
Parce que le lieu où Jésus fut crucifié
Était proche de la ville
Et c'était écrit en hébreu, en latin et en grec.
Les Grands Prêtres des Juifs dirent à Pilate :
« N'écris pas : le roi des Juifs, mais qu'il a dit :
"Je suis le roi des Juifs." »
Pilate répondit :
« Ce que j'ai écrit, je l'ai écrit. »

Introduction

Quelles que soient nos croyances ou nos convictions, comment se fait-il que nous connaissions aussi peu les origines du christianisme ?

Comment mettre en évidence que les écrits fondateurs qui composent le Nouveau Testament sont le résultat d'une longue élaboration ?

Comment rappeler que les Évangiles, avant d'être un texte sacré, constituent d'abord un texte ?

Comment montrer que cette histoire, tellement investie au cours des siècles par les interprétations religieuses, risque de disparaître sous elles ?

Avant d'interroger chaque phrase du récit de la Passion dans l'Évangile selon Jean, d'en soumettre chaque élément aux hypothèses les plus avancées de la recherche historique, et de la critique textuelle, il faut se défaire de deux préjugés qui, depuis toujours, obscurcissent le débat entre les chercheurs.

D'une part, le « christo-centrisme », c'est-à-dire la tendance des exégètes à tout expliquer – même les impasses du texte – par la certitude indiscutable que Jésus est le Christ.

D'autre part, le soupçon de préméditation ; c'est-à-dire le préjugé supposant que ces textes, aussi divers soient-ils, ont été écrits ou réécrits dans le but de tromper les lecteurs, de les attirer vers l'Église, comme l'ont défendu les historiens « rationalistes ».

Au regard des modes de fabrication, des procédés d'écriture, des anachronismes, des anomalies de ces textes, ni le

« christo-centrisme » ni la « préméditation » ne sont des *a priori* recevables.

Ce qu'il faut sans cesse rappeler, en revanche, c'est que les Évangiles ne sont pas contemporains des événements qu'ils décrivent et qu'ils poursuivent d'autres buts que de dire l'histoire. De même que Jésus n'a jamais été chrétien, le christianisme primitif (avant la lettre) est radicalement étranger au modèle catholique et romain auquel il allait finir par donner naissance.

Pour être appréhendée dans sa complexité, la question historique doit donc l'être sur un double terrain. Elle doit l'être dans le cadre du judaïsme du début du Ier siècle, à l'intérieur des données sociales, politiques et religieuses de la Palestine et non selon une grille moderne d'interprétation. Elle doit l'être sans jamais oublier non plus le cadre dans lequel ces textes ont été écrits, c'est-à-dire au moment où le christianisme émerge du judaïsme palestinien et s'en sépare ; au moment où la Palestine par deux fois, en 70 puis en 135, va être vaincue par l'Empire romain.

Corpus Christi touche à un domaine si complexe que nous n'avons, évidemment, ni la naïveté ni la prétention de répondre de façon catégorique aux questions que nous nous posons.

En revanche, nous avons eu l'ambition de n'en omettre aucune, d'y revenir de plusieurs points de vue, sous plusieurs formes afin de serrer au plus près les énigmes qui circonscrivent cet immense domaine de recherche qu'est aujourd'hui, à travers le monde, l'étude du Nouveau Testament et des origines du christianisme.

En d'autres mots, pouvons-nous, et comment, mesurer ce qui sépare le Jésus de l'Histoire de la figure de Jésus-Christ dans la tradition chrétienne ?

Son corps crucifié fut-il celui d'un Dieu ?

Celui d'un homme ?

Ou le corps d'un texte ?

Christos

Que savons-nous de Jésus, si ce n'est par les Évangiles et par le Nouveau Testament ? Autrement dit, que savons-nous de lui, en dehors des sources chrétiennes ?

Le silence relatif des historiens romains du Ier siècle à propos de Jésus peut s'expliquer par le peu d'intérêt qu'ils portaient à la question juive et par leur éloignement de la Palestine (voir *Crucifixion)*.

Le silence des écrivains juifs, comme le philosophe Philon d'Alexandrie (mort en 54) qui consacre un long passage à Pilate dans ses œuvres ou, dans la seconde moitié du Ier siècle, l'historien Juste de Tibériade, même si l'on ne connaît plus aujourd'hui ce qu'il écrivait qu'indirectement, paraît plus troublant. Il demeure toutefois évident que ce manque n'apparaît qu'au regard de ce qu'est devenu ultérieurement le christianisme.

Le cas de l'historien juif Flavius Josèphe, officier d'ascendance sacerdotale, politicien et mémorialiste, pose un problème différent.

Flavius Josèphe

Joseph ben Mathityahou ha-Cohèn ou, comme on l'appelle d'ordinaire, Flavius Josèphe, naquit en 37 ou 38 de notre ère. Après avoir combattu à la tête des résistants galiléens lors de la révolte de 66-70, il est fait prisonnier par les Romains et trahit son camp. Dès lors, il obtient un traitement de faveur puis participe aux côtés de l'empereur Titus à la prise de Jérusalem en 70. Lorsque Vespasien devient empereur à son tour, Josèphe recouvre sa liberté. Il finira sa vie à Rome sous la protection de la maison des Flaviens. Il mourra vers 100 dans l'aisance et les honneurs.

Flavius Josèphe est l'auteur d'une immense histoire du peuple juif à travers deux livres :

– *La Guerre des Juifs*, traitant du soulèvement juif de 66-74, qui contient également un exposé de l'histoire juive à partir du IIe siècle avant notre ère ;

– les *Antiquités juives*, qui commence à la création du monde et se termine à la guerre juive.

Il a en outre publié son autobiographie et une défense du judaïsme *(Contre Apion)*.

Flavius Josèphe a été le témoin oculaire de nombreux faits qu'il décrit. Ses œuvres sont donc d'une valeur inestimable. Mais il ne faut jamais perdre de vue que les Romains gouvernent sa plume.

Dans *La Guerre des Juifs* et les *Antiquités juives*, Flavius Josèphe relate avec beaucoup de détails les événements politiques et sociaux qui se sont déroulés en Judée, en particulier entre le règne d'Hérode Ier et la destruction du Temple de Jérusalem. On y trouve donc plusieurs mentions des mouvements qui agitent la Palestine durant le préfectorat de Pilate, de l'an 26 à l'an 36.

Le *Testimonium*

Au chapitre 3 du Livre XVIII des *Antiquités juives*, Flavius Josèphe évoque longuement le conflit entre les Juifs et Pilate qui voulait financer la construction d'un aqueduc en puisant dans le trésor du Temple. Puis il écrit : « Vers le même temps, survint Jésus, habile homme si du moins il faut le dire homme. Il était en effet faiseur de prodiges, et maître des hommes qui reçoivent avec plaisir des vérités. Il se gagna beaucoup de Juifs et aussi beaucoup du monde hellénique. Le Christ, c'était lui. Et, Pilate l'ayant condamné à la croix, selon l'indication des premiers d'entre nous, ceux qui avaient été satisfaits au début ne cessèrent pas. Il leur apparut en effet le troisième jour, vivant à nouveau, les divins prophètes ayant prédit ces choses étonnantes et dix mille autre merveilles à son sujet. Et jusqu'à présent la race des chrétiens, dénommée d'après lui, n'a pas disparu. »

Très tôt, ce texte fut jugé comme fondamental par les chrétiens qui lui donnèrent le nom de *Testimonium Flavianum* et le vénérèrent à l'égal d'un livre saint.

Mireille Hadas-Lebel, dans son livre sur Flavius Josèphe, rappelle que « depuis que ses traductions s'étaient répandues, Flavius Josèphe était, pour toute l'Europe chrétienne, l'auteur d'une histoire "après l'Écriture sainte préférable à toutes les autres histoires", en quelque sorte un "cinquième Évangile". Les éditions se multipliaient, certaines agrémentées au XVIIIe siècle d'admirables gravures. Sans doute la Contre-Réforme fit-elle de lui plutôt "le cinquième Évangile des protestants", suivant la formule du père Hardouin, mais il demeura jusqu'au siècle dernier l'historien de l'Antiquité le plus lu. Non seulement chaque roi d'Europe en possédait de magnifiques exemplaires, mais chaque foyer bourgeois avait aussi le sien. Parmi les puritains anglais, la lecture de Josèphe était, avec celle de la Bible, la seule autorisée le jour du Seigneur. Une édition des œuvres de Josèphe se trouvait parmi les quarante ouvrages offerts par les clergymen qui fondèrent la Collegiate School of Connecticut, devenue l'université de Yale, aux États-Unis. La traduction anglaise des œuvres complètes publiée en 1737 par Whiston, professeur de mathématiques à l'université de Cambridge, a battu tous les records de rééditions ».

L'interpolation

Cependant, bien que le témoignage de Flavius Josèphe paraisse indépendant et fiable du fait qu'il soit juif, il fut aussi très vite mis en doute. Comment un Juif aurait-il pu écrire des phrases telles que « si du moins il faut le dire homme », « Christ, c'était lui », « il leur apparut en effet le troisième jour, vivant à nouveau », « comme les divins prophètes l'avaient prédit », sans immédiatement courir se faire baptiser ?

Le *Testimonium* ne serait-il pas en fait ce qu'on appelle une interpolation, c'est-à-dire l'ajout, dans le texte d'origine, d'un paragraphe complet ?

« En effet, rappelle Charles Perrot, tous ces manuscrits de Flavius Josèphe comme tous ces manuscrits de l'Antiquité ont été copiés et recopiés. Par qui ? Par des mains chrétiennes, dans quelques officines bénédictines et autres… »

Et il y avait en effet de quoi choquer les copistes chrétiens, quand ils constataient que les écrivains juifs, qui avaient été plus ou moins ses contemporains, ignoraient Jésus. Tristan Hannaniel signale, par exemple, que « le patriarche Photios, étudiant, au IXe siècle, la *Chronique des rois juifs* de Juste de Tibériade, s'indigne de son silence au sujet du Christ ».

Le premier à mettre en doute le *Testimonium* semble avoir été le juriste calviniste Hubert Von Griffen, suivi par bien d'autres parmi lesquels l'oratorien Richard Simon et par Voltaire qui, dans ses *Conseils raisonnables à M. Bergier*, écrivait : « Cessez de vouloir justifier la fraude de ceux qui insérèrent dans l'histoire de Flavius Josèphe ce fameux passage touchant Jésus-Christ, passage reconnu pour faux par tous les vrais savants. Quand il n'y aurait dans ce passage si maladroit que ces seuls mots "il était le Christ", ne seraient-ils pas suffisants pour constater la fraude aux yeux de tout homme de bon sens ?

N'est-il pas absurde que Josèphe, si attaché à sa nation et à sa religion, ait reconnu Jésus pour Christ ? Eh ! mon ami, si tu le crois Christ, fais-toi donc chrétien ; si tu le crois Christ, fils de Dieu, Dieu lui-même, comment n'en dis-tu que quatre mots ? »

À partir du XIXe siècle, la critique s'aiguisera.

Étant admis que le *Testimonium* était une interpolation, il s'agissait de déterminer si l'interpolateur avait composé le passage de toutes pièces ou s'il avait corrigé Josèphe, jugeant qu'il ne disait pas à propos de Jésus ce que l'on aurait voulu qu'il dise... La question devint : le passage de Josèphe est-il une interpolation totale ? Une interpolation partielle ? Un remaniement de l'original perdu ?

Pour Charles Guignebert, qui trouvait que « le style de Josèphe était adroitement imité », la « forgerie chrétienne » ne faisait pas de doute : « Origène, par exemple, nous dit que Josèphe ne croyait pas que Jésus fût le Messie : c'est donc qu'il ne lisait pas, dans son exemplaire des *Antiquités*, le mot Christos. Peut-être est-il permis d'en conclure que c'est dans la seconde moitié du IIIe siècle que l'interpolation s'est imposée. »

Pourtant, les choses ne sont pas aussi simples, comme le montre l'analyse de Joseph Klausner, peu suspect de partialité pro-chrétienne. Dans son *Jésus de Nazareth*, il écrivait en 1933 tout le contraire : « Il n'existe pas, disait-il, de raison sérieuse de considérer comme apocryphe le passage dans son entier. » Et, défendant la thèse d'une interpolation partielle, il soulignait : « Jamais un interpolateur chrétien n'eût dit de Jésus "un homme sage", rendant ainsi nécessaire la phrase suivante : "si toutefois on peut dire un homme en parlant de lui". De même, un interpolateur chrétien ne se serait pas contenté d'appliquer aux miracles de Jésus le terme général de "choses merveilleuses" ni d'appeler tout simplement ses disciples "ceux qui l'aimaient", et il n'aurait pas dit, en parlant des chrétiens, la "race" ou l'"espèce", termes dans lesquels entre une nuance de mépris. »

La version arabe

Le débat persiste aujourd'hui.

En 1971, le professeur Schlomo Pinès a attiré l'attention sur une recension courte du « témoignage flavien » rapporté par Agapios, l'évêque de Hiérapolis (en Syrie) au Xe siècle, dont le texte est le suivant : « À cette époque-là, il y eut un homme sage, nommé Jésus, dont la conduite était bonne ; ses vertus furent reconnues. Et beaucoup de Juifs et des autres nations se firent ses disciples. Et Pilate le condamna à être crucifié et à mourir. Mais ceux qui s'étaient faits ses disciples prêchèrent sa doctrine. Ils racontèrent qu'il leur apparut trois jours après sa résurrection et qu'il était vivant. Peut-être était-il le Messie (autre traduction : il était considéré comme le Messie) au sujet duquel les prophètes avaient dit des merveilles. »

Ainsi nettoyé de toutes les phrases qui pouvaient être des additions chrétiennes, le texte de Flavius

Josèphe, selon cette version arabe, se présentait dans une forme proche de ceux qui admettaient l'authenticité potentielle du passage.

Cependant, comme le remarquait Charles Perrot, dans son livre *Jésus et l'Histoire*, « l'historien juif paraîtrait surtout reprendre ce qu'il entendait dire de Jésus dans les groupes chrétiens de la fin du Iᵉʳ siècle. L'auteur, qui s'adressait à des Romains, est d'ordinaire très discret sur tout ce qui touche aux mouvements messianiques d'avant la guerre juive et qui aurait même très bien pu ne pas parler de Jésus, comme il a fait silence sur les rabbis les plus célèbres de son temps, tels Hillel et Johanan ben Zakkaï ».

La version slave

Une autre hypothèse a été formulée à propos du *Testimonium*, qui n'est ni celle de la création pure et simple, ni celle de l'interpolation totale, voire partielle, mais celle du « remaniement », c'est-à-dire de la réécriture chrétienne d'un texte différent de celui de Flavius Josèphe. À l'appui de cette thèse, pour tenter de restituer l'original supposé, en 1906, Alexandre Berendts fit connaître une version slave du texte, établie, selon lui, directement d'après la première rédaction hébraïque ou araméenne de *La Guerre des Juifs* : « Alors parut un homme, s'il est permis de l'appeler un homme. Sa nature et son extérieur étaient d'un homme, mais son apparence plus qu'humaine et ses œuvres divines ; il accomplissait des miracles étonnants et puissants. Aussi ne puis-je l'appeler homme. D'autre part, en considérant la nature commune, je ne l'appellerai pas non plus ange. Et tout ce qu'il faisait par une certaine force invisible, il le faisait par la parole et le commandement. Les uns disaient de lui : "C'est notre premier législateur qui est ressuscité des morts et qui fait paraître beaucoup de guérisons et de preuves de son savoir." D'autres le croyaient envoyé de Dieu mais il s'opposait en bien des choses à la Loi et n'observait pas le sabbat selon la coutume des ancêtres ; cependant il ne faisait rien d'impur ni aucun ouvrage manuel mais disposait tout seulement par la parole. Et beaucoup d'entre la foule suivaient à sa suite et écoutaient ses enseignements ; et beaucoup d'âmes s'agitaient, pensant que ce serait par lui que les tribus d'Israël se libéreraient des bras des Romains. Il avait coutume de se tenir de préférence devant la cité, sur le mont des Oliviers ; c'est là qu'il dispensait les guérisons au peuple. Et auprès de lui se rassemblèrent cent cinquante serviteurs, et d'entre le peuple un grand nombre voyant sa puissance et qu'il accomplissait tout ce qu'il voulait par la parole ; ils lui demandaient d'entrer dans la ville, de massacrer les troupes romaines et Pilate et de régner sur eux. Mais il n'en eut cure. Plus tard, les chefs des Juifs en eurent connaissance, ils se réunirent avec le Grand Prêtre et dirent : "Nous sommes impuissants et faibles pour résister aux Romains, comme un arc détendu. Allons annoncer à Pilate ce que nous avons entendu et nous n'aurons pas d'ennuis ; si jamais il l'apprend par d'autres, nous serons privés de nos biens, nous serons taillés en lanières nous-mêmes et nos enfants dispersés en exil." Ils allèrent le dire à Pilate. Celui-ci envoya des hommes, en tua beaucoup parmi le peuple et ramena ce faiseur de miracles. Il enquêta sur lui, et il connut qu'il faisait le bien et non le mal, qu'il n'était ni révolté, ni avide du pouvoir royal et le relâcha. Car il avait guéri sa femme qui se mourait. Et venu au lieu accoutumé, il faisait les œuvres accoutumées. Et de nouveau, comme un plus grand nombre de gens se rassemblaient autour de lui, il était renommé pour ses œuvres par-dessus tous. Les docteurs de la Loi furent blessés d'envie et ils donnèrent trente talents à Pilate pour qu'il le tuât. Celui-ci les prit et leur donna licence d'exécuter eux-mêmes leur désir. Ils le saisirent et le crucifièrent en dépit de la loi des ancêtres. »

Lors de sa publication, cette « version slave » provoqua une grande polémique entre les savants mais, là aussi, il ressortit du débat qu'il devait s'agir d'un développement d'une tradition chrétienne.

Il existe donc trois « versions » du *Testimonium Flavianum*, chacun pouvant avoir des traductions différentes :

– la version présente dans la majorité des manuscrits,

– la version courte dite d'Agapios,

– la version slave ou recension longue.

Mais aucun de ces textes ne nous est connu par des manuscrits proches – sinon contemporains – de leur rédaction. Le plus archaïque d'entre tous est une version latine des *Antiquités juives*, conservée à Saint-Pétersbourg, datée du IXe siècle. Rien auparavant, hormis des citations de Flavius Josèphe présentes chez d'autres auteurs…

En résumé, la principale objection que l'on peut opposer au *Testimonium Flavianum* ne repose pas sur la critique interne du texte qui, en version courte ou en version longue, possède une cohérence mais sur la place de ce texte dans les *Antiquités juives* où il se situe entre le récit d'un soulèvement populaire contre Pilate et va ensuite relater une autre mesure de répression, la déportation en Sardaigne de quatre mille Juifs romains. Entre les deux, la présence de la notice sur Jésus ne s'impose pas d'évidence, la couture semble même très grosse…

Le « pommadé »

En revanche, la mention par Flavius Josèphe de Jean le Baptiste est acceptée par la plupart des chercheurs. Bien que sa présentation du Baptiste et celle de son action aient assez peu de points communs avec celle des Évangiles, elle ne pose pas de problème textuel sinon qu'elle ne fait aucune référence à Jésus.

Il en va tout différemment avec l'allusion, au Livre XX des *Antiquités juives*, à la lapidation en 62 à Jérusalem de quelques « justes » sur l'ordre du Grand Prêtre en exercice, et parmi eux de « Jacques, frère de Jésus surnommé le Christ ». Cette formule a toujours suscité moins de débats que le texte du *Testimonium.* Il est vrai qu'il s'agit d'une phrase en incise dont l'enjeu paraît moins important. Elle n'authentifie pas l'historicité de Jésus, mais celle de Jacques que personne ne conteste. Elle peut aussi, à l'évidence, avoir été ajoutée au fur et à mesure des recopies successives.

Mais est-il indispensable de supposer cette fraude ? Pourquoi « Jésus surnommé le Christ » ?

La phrase peut simplement témoigner de la popularité dont bénéficiait Jésus, après sa mort, de sorte que son frère Jacques en semble à son tour le bénéficiaire. N'oublions pas que le texte de Flavius Josèphe est écrit dans les années 90 et qu'à ce moment, il peut très bien refléter les légendes ou les appréciations portées sur le personnage de Jésus deux ou trois générations après sa mort, du fait même qu'un courant du judaïsme ou qu'un groupe se réclame de lui.

Comment devons-nous comprendre l'emploi de ce titre ?

« Tout procède un petit peu d'un anachronisme, répond Étienne Nodet. Lorsque le mot *christos* venait sous la plume de Josèphe, est-ce que cela signifie automatiquement *christ,* au sens où on l'entend maintenant ? Ce n'est pas absolument certain, parce que le seul autre endroit dans ses textes où Josèphe utilise le mot *christos,* c'est pour parler d'un mur. » Alors qu'en hébreu il existe des mots différents, en grec, *christos* signifie aussi bien « oint » que « barbouillé », « enduit », « peinturluré ».

Quand Flavius Josèphe utilise le mot *christos*, ce serait donc peut-être un mot d'esprit, un jeu de mots qui reprend en le déformant ce qu'on dit de Jésus ?

Après d'autres, Étienne Trocmé confirme cette hypothèse : « Les auteurs grecs, comme chacun sait, n'aimaient pas citer des noms ou des mots barbares. Ils ont réduit au maximum le nombre de mots empruntés à d'autres langues que le grec. On emploiera plus volontiers la traduction *christos* qui veut dire, comme le terme hébraïque "celui qui a été oint", "celui sur lequel de l'huile a été versée pour le consacrer", et qui, dans la langue grecque profane, veut dire simplement : le monsieur s'est mis de la pommade sur les cheveux… le "pommadé" !… »

Le mot de *christos* serait-il donc simplement une étiquette, un surnom, et non un titre de gloire ?

Les *christianoï*

La première mention du nom de « chrétiens » apparaît dans les *Actes des apôtres* : « C'est à Antioche que, pour la première fois, les disciples reçurent le nom de "chrétiens" », peut-on lire (*Actes des apôtres*, XI, 26).

Il ne désignait sûrement pas une nouvelle religion, une religion monothéiste distincte du judaïsme. Il distinguait parmi les Juifs ou parmi les « craignants-Dieu », les sympathisants du judaïsme, une certaine catégorie, les *christianoï*. Le terme de « chrétiens » n'avait donc pas l'évidence qui s'y attache aujourd'hui.

Ce fragment du récit des *Actes des apôtres* nous apporte en effet deux éléments supplémentaires :

– ce nom est apparu à Antioche, c'est-à-dire en Asie mineure, dans la troisième ville en importance de population de l'Empire romain, ville de langue grecque ;

– ce nom qui définissait les partisans de Jésus, ceux qui, d'une façon ou d'une autre, plaçaient leurs espoirs en lui, leur a été donné par d'autres qu'eux-mêmes.

Tandis que l'appellation de « Nazoréens » aurait été réservé aux Juifs galiléens ou judéens par leurs propres coreligionnaires, c'est donc bien doublement de l'extérieur, hors de Palestine, hors de la communauté que cette dénomination de *christianoï* leur a été attribuée. Aussi, Pierre Grelot a-t-il raison de dire que « c'était un sobriquet donné par les païens : "Ah les gens qui croient à Christos !" Ce n'était pas glorieux pour eux mais les chrétiens s'en sont fait gloire ». Ils auraient ainsi retourné la moquerie qui les visait, et fait de la désignation de leur inspirateur un signe de ralliement qui a eu le succès que l'on sait.

La déformation même de leur nom pourrait être une autre preuve que les chrétiens avaient été désignés ainsi par des gens ne comprenant rien ni à leurs rites ni à leurs pratiques. On le constate dans certains des manuscrits très anciens du Nouveau Testament, les *christianoï* des *Actes des apôtres* sont appelés *chrestianoï*, partisans de celui qui est « bon », ceux qui suivent « le meilleur » pourrait-on traduire.

Ainsi aurait-on une justification de la phrase célèbre de l'Évangile de Marc : « Pourquoi m'appelles-tu bon ? dit Jésus. Nul n'est bon que Dieu seul. » (Marc, X, 18), ce qui pourrait être aussi un écho des diverses théories manichéennes de la fin du Ier siècle jusqu'à Marcion, selon lesquelles il fallait désormais concevoir un Dieu mauvais, c'est-à-dire un Dieu de justice et de colère, celui des Juifs, et un Dieu de bonté, celui des chrétiens.

Le nom maudit

Mais n'est-ce pas une lecture anachronique – justement chrétienne au sens du christianisme – que de supposer cette étymologie positive ?

C'est bien ce qui permet de comprendre le discours implicite que contient la réponse de Justin, un des premiers Pères de l'Église dans sa *Grande Apologie*, plaidoyer en faveur des chrétiens, adressée à l'empereur Antonin vers l'an 150 : « Un accusé paraît-il devant vous, vous ne le frappez pas avant de l'avoir convaincu. Pour nous, le nom seul sert de preuve. Et cependant, à ne considérer que le nom, vous devriez plutôt châtier nos accusateurs. Nous sommes accusés d'être chrétiens. Est-il juste de haïr ce qui est excellent ? »

Mais c'est bien plutôt d'un nom barbare pour des oreilles latines ou grecques que les chrétiens tirent leur nom, ceux qui agissent, écrivait aussi Suétone, « sous l'impulsion de *Chrestos* ».

Et ces « chrétiens » dont on ne sait pas exactement

le nom, et donc l'identité, peuvent être surtout regardés comme des personnages dangereux puisqu'ils sèment le trouble, même si la menace qu'ils représentent est éventuellement majorée pour des raisons politiques propres à la situation intérieure romaine.

La comparaison du témoignage de Suétone et de celui de Tacite peut-elle nous éclairer ?

Selon Tacite, dans le livre XV des *Annales*, « pour dissiper la rumeur qui l'accusait d'être le responsable de l'incendie de Rome en juillet 64, Néron désigna des coupables à sa place et infligea les tourments les plus raffinés à ceux que leurs abominations faisaient détester et que la foule appelait chrétiens. Ce nom leur vient de Christ que, sous le principat de Tibère, le procurateur Ponce Pilate avait livré au supplice. Réprimée sur le moment, cette détestable superstition perçait de nouveau, non plus seulement en Judée, où le mal avait pris naissance, mais encore dans Rome où tout ce qu'il y a d'affreux et de honteux dans le monde afflue et trouve nombreuse clientèle. On arrêta d'abord ceux qui avouaient leur foi puis sur leur dénonciation une multitude considérable, convaincue moins du crime d'incendie que de haine contre tout le genre humain ».

Le moins que l'on puisse dire est que cette image des chrétiens est très éloignée de celle diffusée par l'Église et qui provient en partie de la présentation de Jésus par les Évangiles. Encore que certaines phrases énigmatiques prononcées par Jésus semblent y répondre par avance. Ainsi le célèbre « Vous serez haïs à cause de mon nom » que l'on trouve chez Marc, chez Matthieu et chez Jean, et que rien n'explique apparemment.

Premièrement : pourquoi cette haine que l'on reproche à Jésus malgré son apparent message de non-violence, rapporté par les Évangiles ? N'est-ce pas oublier tous les appels à la violence qui persistent encore dans le texte (entre autres, dans ce qu'on appelle la parabole des talents chez Luc : « Quant à mes ennemis qui n'ont pas voulu que je règne sur eux, amenez-les ici et égorgez-les en ma présence ») ?

Deuxièmement : pourquoi l'arbitraire de l'accusation portée contre Jésus n'a-t-elle d'égale que l'arbitraire de la formule mise dans la bouche du Galiléen ? En d'autres termes : en quoi le nom même de Jésus serait-il haïssable ? Seul le nom même de *Christos* pourrait l'être.

Par la référence à ce nom de *Christos* qui a servi, pourrait-on dire, à qualifier ceux qui, après sa mort, se sont réclamés de Jésus, le texte des Évangiles transpose au moment de sa rédaction les attaques contre les « chrétiens ».

Ce qui permet aussi de comprendre deux autres fragments de l'*Apologie* de Justin : « Nous disons les mêmes choses que les Grecs, et seuls nous sommes haïs pour le nom du Christ. Nous sommes innocents et on nous tue comme des scélérats. » Et ailleurs : « Un nom n'est ni bon ni mauvais : il faut juger les actes qui s'y rattachent. À ne considérer que ce nom qui nous accuse, nous sommes les meilleurs des hommes.

Nous ne pensons pas qu'il soit juste de prétendre être absous sur notre nom seul, si nous sommes convaincus de crime : mais en retour, si dans notre nom et notre conduite, on ne trouve rien de coupable, votre devoir est de faire tous vos efforts pour ne pas être répréhensibles en justice, en punissant injustement des innocents. Le nom seul ne peut raisonnablement être un titre à la louange ou au blâme, si l'on ne peut trouver dans les actes rien de louable ou de criminel. »

C'est bien que l'attaque glissée par Suétone en incise de sa *Vie des douze Césars* est toujours virulente, vingt ans après. « Il chassa de Rome, écrivait-il de l'empereur Claude, les Juifs qui sous l'impulsion de *Chrestos* ne cessaient de s'agiter. »

Ce qui confirme que ces « chrétiens-là » sont bien une secte juive dont on redoute l'agitation. Rien n'assure pour autant que ce *Chrestos* vise précisément Jésus. On a même pu avancer l'hypothèse que l'historien romain ne faisait pas référence à un mort mais évoquait plutôt un chef toujours en vie.

N'est-ce pas cette même crainte que l'on peut lire chez les synoptiques vis-à-vis des mouvements messianiques postérieurs à Jésus mais contemporains de la rédaction des Évangiles et que le christianisme primitif juge rivaux ? Ainsi, Marc fait-il dire à Jésus : « Prenez garde que personne ne vous égare. Beaucoup viendront en mon nom, disant "C'est moi", et ils en égareront beaucoup. »

Une période troublée

Quoi qu'il en soit, pourquoi une telle discordance entre les témoignages ? Pourquoi une opposition aussi forte entre l'appréciation des historiens romains et la tradition du Nouveau Testament ou, plus généralement, celle des origines du christianisme ?

Certes, si les chrétiens apparaissent là comme des victimes innocentes, puisque, selon les paroles de Jésus à Pilate imaginées par Jean, leur royaume « n'est pas de ce monde ». Il s'agit donc d'un travail idéologique pour se dédouaner, pour essayer d'enlever leur raison d'être aux sanglantes critiques romaines. Mais en quoi les chrétiens, disciples ou partisans de Jésus, pouvaient-ils réellement prêter le flanc à l'accusation qui faisait d'eux des agitateurs ?

« Le cas de Jésus n'est pas isolé, rappelle bien Charles Perrot, et en Palestine, les Romains avaient fort à faire en ces commencements de troubles pour essayer de juguler toutes ces tendances et imposer leur pouvoir. En l'an 6 de notre ère, après la mort d'Hérode le Grand, Judas le Galiléen allié au prêtre Saddok, avait donné le signe de la révolte contre les Romains, jugeant honteux de leur verser l'impôt et de les subir comme maîtres alors que Dieu était leur seul maître. Vers l'an 45, ses deux fils, Jacob et Simon, seront crucifiés par les Romains pour s'être insurgés à leur tour, puis ce sera le tour de Ménahem, son petit-fils, qui se révoltera en 66 et donne le signal de la première guerre juive qui se terminera en 70 par la destruction de Jérusalem. »

La force d'attraction représentée par cette dynastie, elle aussi galiléenne, est évoquée dans les *Actes des apôtres* : « À l'époque du recensement, a paru Judas le Galiléen, qui entraîna du monde à sa suite. Il périt, lui aussi, et ceux qui l'avaient suivi furent dispersés. »

Christian Grappe le constate : « Jésus n'est pas le seul prétendant messianique que l'on rencontre à cette période. Au contraire, nous savons, grâce aux sources qui nous sont parvenues, même si elles ne sont pas très nombreuses, que cette période a été vraiment une période d'effervescence messianique. Il y avait toute une série de personnages qui se sont levés, les uns se prétendaient rois, les autres prophètes. Tous proposaient, d'une manière ou d'une autre de chasser les Romains. »

De cette actualité, les *Actes des apôtres* (même s'ils fourmillent d'anachronismes et d'erreurs) donnent bien la mesure, comme si à l'époque de leur rédaction ils ne pouvaient ignorer ces précédents, ne serait-ce que pour mettre à distance les chrétiens et chercher à éviter tout risque de confusion.

Ainsi évoquent-ils encore l'insurrection du prophète égyptien et de ses quatre mille sicaires, et surtout le cas de Theudas : « Les temps derniers a paru Theudas, qui se disait quelqu'un et qui a rallié environ quatre mille hommes. Il fut tué, et ceux qui l'avaient suivi furent dispersés. » Décapité par le procurateur romain, ce Theudas se prit même pour Josué (qui, rappelons-le, est en hébreu le même nom que Jésus) puisqu'on peut lire dans les *Antiquités juives* de Flavius Josèphe : « Il persuada une grande foule de gens à le suivre en emportant leurs biens jusqu'au Jourdain ; il prétendait être prophète et pouvoir, à son commandement, diviser les eaux du fleuve pour assurer à tous un passage facile. »

Flavius Josèphe dénonce aussi plusieurs autres prophètes apparus en Judée dans les années 40-50 du Ier siècle après J.-C., des « imposteurs », des « trompeurs » qui conseillaient au peuple de les suivre au désert, car, disaient-ils, « ils lui montreraient des miracles et des signes éclatants ».

Quel danger représentaient-ils pour que les gouverneurs romains envoient systématiquement leurs troupes contre eux ? Daniel Schwartz s'interroge : « Pourquoi les Romains les prenaient-ils tellement au sérieux ? Pensaient-ils vraiment qu'ils allaient créer un mouvement dans le désert comme ils le prophétisaient ? C'est toujours le même problème qui se pose au cours du Ier siècle. Les Romains avaient peur. Ils craignaient de perdre le contrôle de la situation. Ils avaient certainement moins peur de Jésus, que des espoirs qu'il suscitait dans le peuple et qui risquaient de se cristalliser ».

« De toute manière, commente Jean-Pierre Lémonon, Flavius Josèphe ne veut surtout pas laisser entendre aux Romains, pour lesquels il écrit, qu'il y a un grand mouvement messianique en Israël. Il va parler de bandits et d'imposteurs. Quand on suit les textes, on est tout à fait frappé par le fait que d'un côté, "les bandits", ce sont des gens qui ont essayé de se faire proclamer roi ; et ils n'ont pas, chez lui, un très beau visage. Et de l'autre, "les imposteurs", on sent qu'il les rattache à une autre tradition d'Israël, celle des prophètes. »

Pourtant, la notion de « roi » et celle de « prophète » ne sont pas nécessairement contradictoires. Au contraire.

Martin Hengel le dit fermement : « Il ne faut pas superposer notre pensée analytique sur les modes de pensée qui pouvaient être ceux de la Palestine au début de notre ère. On y pensait la multiplicité pour une même chose, on donnait plusieurs noms au même concept. »

L'exemple de David qui incarne l'idéal du Messie royal montre bien que, dans le judaïsme, la figure royale n'exclut pas la figure prophétique et, au contraire, s'y associe étroitement. David, auteur présumé des *Psaumes*, est salué comme prophète avant d'entrer à Jérusalem…

« Moïse qui est par excellence le prophète d'Israël, rappelle Moshe Bar-Ascher, n'est pas appelé roi d'Israël par la Bible, mais il symbolise la royauté. Dans le judaïsme, la prophétie et la royauté vont ensemble. La conception ancienne lie les deux notions. Dans le judaïsme, la royauté a disparu avec la prophétie. S'il n'y a pas de royauté, il n'y a plus de prophétie. C'est pourquoi Jésus est à la fois roi et prophète. Cela va obligatoirement ensemble. »

Ainsi peut-on bien comprendre pourquoi les Évangiles s'appliquent à faire de Jésus tantôt le nouveau

Moïse, tantôt le fils de David, Élie, le Fils de l'Homme, etc. L'enjeu de ces titres est de dire qui est Jésus, comme l'illustre clairement ce passage de l'Évangile de Jean (7, 40) : « De la foule, donc, écoutant ces paroles, ils disaient : "Celui-ci est vraiment le prophète." D'autres disaient : "Celui-ci est le Christ". »

Christ, c'est-à-dire Messie

Seul des quatre Évangiles, celui de Jean donne l'étymologie du mot Christ. Au premier chapitre, André annonce à son frère Simon-Pierre : « Nous avons trouvé le Messie, c'est-à-dire le Christ. » Jamais ailleurs, hormis dans l'épisode avec la Samaritaine, le mot n'est expliqué par les autres textes du Nouveau Testament.

Cela signifie-t-il que tous les lecteurs savaient que le mot grec *christos* était l'équivalent du terme araméen ou hébreu désignant le messie ?

Si ce texte s'adressait à des lecteurs juifs, il est évident que cette traduction était inutile. C'est donc à des Grecs que le rédacteur de l'Évangile selon Jean s'adresse. Et non seulement il s'adresse à des Grecs mais plus largement à des non-Juifs vivant hors de Palestine à qui il faut expliquer les noms, les coutumes, les rites, tout ce qui fait l'arrière-fond palestinien de la vie de Jésus. Ce passage d'un monde juif à un monde grec, des langues sémitiques aux langues indo-européennes, est lisible parfaitement dans cette nécessité de traduire le mot messie.

Mais d'où vient ce mot, qu'exprime-t-il ?

« C'est un mot explosif, dit Moshe Bar-Ascher, *mashiar* est le participe passé du verbe *mashar* : c'est oindre, c'est mettre de l'huile pour consacrer un roi. Le terme se trouve dans la Bible. Il s'applique aux prêtres et aux prophètes qui ont reçu l'onction et deviennent Messie. »

Cette prétention à la royauté est donc directement liée au concept du messie.

Dans le psaume 2, il est question d'un roi, d'un messie, établi par Yavhé sur le mont Sion, contre lequel se sont liguées toutes les puissances de la terre mais en vain car il est oint, et Dieu ruine leur entreprise, il a consolidé le trône de son protégé et il l'a même consacré, lui déclarant : « Tu es mon Fils, je t'ai engendré aujourd'hui. » Mais le messie n'est pas seulement une figure royale qui renvoie à la descendance de David, c'est aussi la façon de désigner celui qu'on attend. « De plus, comme le dit Enrico Norelli, le christianisme a modifié notre conception du Messie puisque nous la lions à la figure centrale du Christ. Dans le judaïsme, avant, et en dehors de Jésus, la figure du Messie ne se référait pas à un personnage réel ou concret qui aurait vraiment existé. En réalité, cette figure se référait à un personnage que l'on attendait. Il y avait bien des passages de la Bible qui étaient considérés comme des prophéties messianiques. Mais bien moins nombreuses que celles qui ont formé, ensuite, le "dossier" chrétien sur Jésus, c'est-à-dire sa biographie. Bien sûr, quand on a connu la vie de Jésus, il a été possible de la confronter aux prophéties bibliques. On a même modifié et créé des épisodes dans la tradition de Jésus pour les accorder à certains textes de l'Ancien Testament. »

De sa naissance aux récits de la Passion tissés littéralement de citations d'Isaïe, des Psaumes ou de l'Exode, les exemplés abondent qui prouvent à l'évidence que la biographie de Jésus accomplit les Écritures, se place sans cesse dans une perspective messianique. Si on se limite aux références bibliques explicites des Évangiles, on peut présenter l'esquisse suivante du Christ – au sens du messie –, comme Ennio Floris l'explique dans son essai *Sous le Christ, Jésus* : « Il naîtra à Bethléem, dans la maison de David (Michée V, 1 ; Matthieu 1, 6), d'une mère vierge (Esdras VII, 14; Matthieu 1, 23). Il se manifestera en Galilée (Esdras VIII, 23 ; Matthieu IV, 14). Il annoncera la bonne nouvelle aux pauvres et guérira les malades, il libérera les opprimés et rendra la vue aux aveugles, il annoncera le pardon de Dieu (Esdras LXI, 1-2 ; Luc IV, 18). Il enseignera par paraboles (Psaume LXXVIII, 2 ; Matthieu XIII, 35). Il montera à Jérusalem comme l'héritier de la royauté davidique (Zacharie IX, 9 ; Matthieu XXI, 4). Haï (Psaume XXXV, 19 ; LXIX, 5 ; Jean XV, 25), trahi (Psaume XLI, 10 ; Jean XIX, 18), il sera mis à mort comme un malfaiteur (Esdras LIII, 22 ; Marc XV, 28). On partagera ses vêtements et on tirera au sort sa tunique (Psaume XXII, 19 ; Matthieu XXVII, 36). Il sera transpercé (Zacharie XII, 10 ; Jean XVIII, 19). Dans la sépulture, son corps ne subira pas la corruption (Psaume XVI, 8 ; Actes II, 27). Dieu l'a ressuscité (Deutéronome XVIII, 15 ; Actes III, 22). Ce profil est, pourrait-on dire, le portrait-robot du Christ que les évangélistes ont esquissé en se fondant sur des signes de reconnaissance contenus dans les Écritures. »

Le Messie d'Israël

Comment le judaïsme conservait-il son attente du Messie ?

« Dans les différents courants du judaïsme, répond Enrico Norelli, il y avait des éléments qui s'appliquaient au Messie mais ils pouvaient changer d'un groupe à l'autre, d'une direction ou d'une conception du judaïsme à une autre. Le Messie en général est une figure relativement marginale. Il y a même des formes du judaïsme qui ne prévoient en aucun cas la venue d'un Messie. »

La figure individualisée du messie est donc plutôt une conception novatrice limitée, et il semble qu'elle apparaisse tardivement, dans les *Psaumes de Salomon*, un texte apocryphe de l'Ancien Testament qui fut composé probablement à Jérusalem vers la moitié du Ier siècle avant J-C.

« *Tu as choisi, Seigneur, David comme roi d'Israël*
Et tu lui as juré au sujet de sa postérité, pour [l'éternité,
Que sa maison royale ne s'éteindrait pas devant [Toi.

Mais, à cause de nos péchés, les pécheurs se sont
[dressés contre nous.
Ils nous ont assaillis et expulsés...
Vois, Seigneur, et suscite-leur un roi, Fils de
[David, au temps que tu auras choisi pour
qu'il règne sur Israël, ton Serviteur
Et ceins-le de la force, pour briser les princes
[injustes...
Qu'il purifie Jérusalem des païens qui la foulent,
que Dieu purifie Israël pour le jour de sa
[miséricorde,
pleine de bénédictions, pour le jour de son choix
[où il suscitera son Messie,
Heureux ceux qui vivront ces jours-là pour
[contempler les bienfaits du Seigneur qu'il
procurera à la génération à venir.
Sous le sceptre du Messie, du Seigneur, dans
[la crainte de Dieu. »

Selon Daniel Marguerat, « les psaumes 17 et 18 de Salomon émanent de la piété pharisienne, et traduisent le choc que représente l'invasion par les troupes de Pompée de la Palestine et la profanation du Temple de Jérusalem par les Romains (en l'an - 63). Le titre de Messie intervient donc au moment où la société juive proteste contre l'invasion de l'impie. Un lien s'opère à la naissance du titre de messie, entre cette agression politique et religieuse et la création d'une figure individuelle qui va devenir la figure purificatrice du peuple contre César. Ensuite, cette figure individuelle va se retrouver de manière différente dans d'autres écrits, dans l'Apocalypse syriaque de Baruch, dans le IVe Livre d'Esdras qui marquent aussi la protestation contre la présence romaine au cours du Ier siècle. La figure individuelle du messie surgit à un moment où le judaïsme doit construire une contre-symbolique aux moyens mis en place par ceux qui, au fond, cherchent à introduire la modernité dans la société juive : les Romains mais aussi les hérodiens qui sont leurs clients et leurs alliés ».

Un mot dangereux

Et Charles Perrot d'insister : « Et là pour nous, ce mot "Messie", ce mot "Christ", c'est un mot qui est devenu presque un peu anodin, c'est presque devenu un nom propre : "Monsieur Jésus-Christ". Le mot "Christ" n'a plus de fonction en quelque sorte. Tandis qu'il faut bien entendre dans ce mot, *christos*, le mot "oint" en grec, le Messie, le roi en hébreu, tout cela se correspond, avec, au départ, un sens toujours quelque peu dangereux. »

Alors Jésus de son vivant était-il pris ou non pour le Messie ?

La question divise toujours autant les chercheurs du Nouveau Testament.

Pour Hyam Maccoby, le doute n'est pas permis : « Pourquoi les chrétiens s'appellent-ils chrétiens ? "Chrétiens" signifie "ceux qui suivent le Christ". Et Christ veut dire Messie. Toute la religion chrétienne est fondée sur le titre de Messie. Si Jésus n'a jamais été le Messie, alors la religion chrétienne n'est qu'une farce. » Il ajoute : « Il est évident que Jésus a déclaré être le Messie. Des chercheurs modernes l'ont mis en doute parce qu'ils se sont rendu compte à quel point ce titre avait une dimension politique. »

Ce que conteste Daniel Marguerat : « Je ne pense pas que Jésus ait été reconnu comme Messie. Si cela avait été le cas, l'occasion aurait été trop belle pour les chrétiens d'étaler cet élément dans les Évangiles. Or, ça ne se manifeste pas. »

Pour Pierre Geoltrain, en fait, la question n'est pas là : « Le problème, c'est que les récits des Évangiles dénient constamment la dignité messianique de Jésus. Chaque fois que le terme risque d'apparaître, on doit le taire. C'est une dignité qui ne doit pas être révélée. »

Dans les synoptiques, Jésus est toujours décrit comme refusant que le mot soit prononcé. Le titre est aussitôt couvert par une consigne de silence.

« Est-ce que ça veut dire que l'étiquette "messie" attend que quelque chose ait réussi ? s'interroge Étienne Nodet. Le titre reste disponible. Il n'est pas vraiment attribué tant que l'action entreprise (ou espérée) n'a pas été couronnée de succès ? Ce n'est pas très clair. »

Sur un plan historique, il faut remarquer que ni Judas Macchabée, vainqueur à Emmaüs, qui restaure Jérusalem, qui est le libérateur d'Israël, ni Judas le Galiléen ne sont qualifiés de « Messie ».

Par ailleurs, cette attente liée à l'attribution du titre lui-même correspond assez clairement à l'interprétation que donne le pharisien Gamaliel selon les *Actes des apôtres*, quand Pierre et les Apôtres sont traduits devant le Sanhédrin : « Ne vous occupez pas de ces gens-là car si leur entreprise ou leur œuvre vient des hommes, elle se détruira d'elle-même ; mais si vraiment elle vient de Dieu, vous n'arriverez pas à les détruire. Ne risquez pas de vous trouver en guerre contre Dieu. »

Dans l'Évangile selon Jean, il en va tout autrement. La consigne de silence est ignorée du quatrième évangéliste. Jean Baptiste proclame publiquement que Jésus est le Messie. Quant aux disciples, dès le début, ils reconnaissent que Jésus est le prophète semblable à Moïse annoncé par le Deutéronome : « Nous l'avons trouvé ! C'est Jésus, le fils de Joseph de Nazareth » (1,45). » Ce qu'il confirme ensuite en plusieurs occasions (à Nathanaël, à l'aveugle-né, à Marthe, etc.). Il y a donc, sur ce point, un désaveu des synoptiques par l'Évangile johannique.

Mais comment se fait-il que l'Évangile selon Jean assume la messianité de Jésus et que les synoptiques semblent la refuser ?

Est-ce un refus de Jésus lui-même ou un refus des textes ?

Pour Daniel Marguerat, la réponse est claire : « La réticence de Jésus à l'égard du titre de Messie vient sûrement de la manière dont il a voulu couper avec l'espoir messianique tel qu'il s'était fixé dans la piété populaire, avec ses composantes violentes et nationalistes et la manière dont il concevait le futur, l'imminence de la venue du royaume. C'est dire aussi, reconnaît-il, la folle ambiguïté dans laquelle Jésus s'est trouvé placé. »

Mais n'est-ce pas faire dire à Jésus ce qu'il n'a jamais dit ? Le lire à la lumière de la foi chrétienne ?

L'ambiguïté à cet égard est-elle celle de Jésus, ou celle du christianisme amené à se débarrasser d'une composante essentielle de l'espoir messianique ?

Pour Martin Hengel, « Jésus n'est pas "le gentil sauveur" tel que l'homme d'aujourd'hui aimerait qu'il soit, "le bon petit Jésus". Il vient pour remplir la promesse que Dieu à faite à Israël. Il est le prophète messianique, celui qui doit remplir les espoirs d'Israël ».

Un thaumaturge bien réputé

Lors de l'entrée de Jésus à Jérusalem, on lit dans l'Évangile selon Jean : « Hosanna ! Béni celui qui vient au nom du Seigneur et le roi d'Israël ! » Sur le terrain politique, cela signifie que l'homme est attendu et acclamé comme celui qui va chasser les païens de la Terre sacrée et rendre à Yavhé le royaume d'Israël. Dès lors, on peut comprendre que Jésus ait une « réticence » à apparaître comme le Messie…

Le danger est énorme, car les Romains ne peuvent tolérer qu'un roi se dresse contre César. Et c'est d'ailleurs pour cette prétention messianique, sous le chef d'inculpation de lèse-majesté, que Jésus sera condamné et exécuté par Pilate. Ce dont convient Daniel Marguerat : « Au moment où une grappe de personnes, autour des disciples, accueille Jésus dans une célébration de type messianique, ils ont en vue une restauration politique du royaume davidique. Ils ont en vue la purification du pays de la présence de l'impie. De l'oppression que représente le pouvoir romain avec son appareil de taxes très lourdes, acculturation à la modernité hellénistique... »

Même si par ailleurs « l'entrée de Jésus à Jérusalem n'a dû certainement pas être aussi spectaculaire qu'on nous le raconte. Preuve en est le fait que, dans son passage en revue des différents prophètes messianiques qui ont marqué l'histoire juive au Ier siècle, Flavius Josèphe ne mentionne pas Jésus, même s'il le signale dans deux passages. Il faut donc ramener l'entrée messianique de Jésus à Jérusalem à de plus justes proportions. Elles marquent la popularité du personnage, le crédit qu'il avait acquis en Galilée, jusqu'en Judée. Elles marquent aussi le rapport que les foules judéennes pouvaient avoir avec un prophète thaumaturge bien réputé. »

Mais faut-il « ramener l'entrée messianique de Jésus à Jérusalem à des proportions qui marquent surtout la popularité du personnage », ou la relire comme un décalque des prophéties de Zacharie ?

Lorsque Jésus entre à Jérusalem, il s'arrête, selon les Évangiles, au mont des Oliviers et envoie deux de ses disciples chercher un âne et un ânon. N'est-ce pas parce que, au chapitre IX de Zacharie, il est dit :

« *Exulte avec force, fille de Sion !*
Crie de joie, fille de Jérusalem !
Voici que ton roi arrive à toi :

il est juste et victorieux, humble,
monté sur un âne, sur un ânon,
le petit d'une ânesse.
Il retranchera d'Ephraïm la charrerie et de
[Jérusalem les chevaux ;
l'arc de guerre sera retranché.
Il annoncera la paix aux nations.
Son empire ira de la mer à la mer et du fleuve
[aux extrémités de la terre. »

Quant à son entrée elle-même (dans le contexte de la Fête des Tentes), n'est-elle pas à voir comme l'accomplissement de la prophétie du jour de Yahvé qui se trouve au chapitre XIV de Zacharie :

« *Voici qu'il vient, le jour de Yahvé,*
quand on partagera tes dépouilles au milieu de toi.
J'assemblerai toutes les nations vers Jérusalem
[pour le combat ;
la ville sera prise, les maisons pillées, les
[femmes violées ;
la moitié de la ville partira en exil, mais le reste
[du peuple ne sera pas retranché de la ville.
Alors Yahvé sortira pour combattre les nations,
comme lorsqu'il combat au jour de la guerre.
En ce jour-là, ses pieds se poseront sur le mont
[des Oliviers
qui fait face à Jérusalem vers l'orient.
Et le mont des Oliviers se fendra par le milieu,
d'est en ouest, en une immense vallée,
une moitié du mont reculera vers le nord, et
[l'autre vers le sud.

La vallée des Monts sera comblée, oui, elle
[sera obstruée jusqu'à Yaçol,
elle sera comblée comme elle le fut par suite
[du séisme,
au temps d'Ozias roi de Juda.
Et Yahvé mon Dieu viendra, tous les saints
[avec lui... »

L'événement

Comme dans d'innombrables passages des Évangiles, se pose ici la question de l'événement. Y a-t-il eu un événement – et lequel – désormais enfoui sous la citation biblique ? Jésus a-t-il agi à l'imitation de ce qu'il lisait dans Zacharie, ou n'y a-t-il eu que travail du texte, sans référence à un événement précis ?

« Zacharie disait que quand le Messie viendrait, l'ennemi occupant serait battu, non pas par la force des armes mais par un grand miracle, commente Hyam Maccoby. Et Jésus pensait qu'il était celui qui allait accomplir cette prophétie. Il attendait qu'un grand miracle se produise. Il pensait qu'il fallait se battre mais c'était en vue d'un combat symbolique ; pas d'une véritable bataille militaire. La victoire viendrait à la suite d'un miracle... »

En se conformant en tous points à la prophétie de Zacharie, Jésus espérait-il que Yahvé se manifeste ? Jean le Baptiste, en initiant un rite d'eau distinct des rites sacrificiels du Temple, partageait-il le même espoir ? Et ceux de Qumrân, se retirant au désert, vivant loin de Jérusalem, dans l'ascèse et la prière ?

Pour les Juifs, la présence des Romains sur leur terre marquait, avant tout, le symptôme, le signe de l'impureté d'Israël face à Dieu. Pour eux, la question était moins « Comment chasser les occupants ? » que « Comment se rendre à nouveau purs devant Dieu ? ». C'est une fois cette pureté retrouvée que Dieu ferait aussitôt disparaître l'occupant.

Israël

Lorsque Jean le Baptiste préconise un nouveau rite, c'est à Israël qu'il s'adresse. Lorsque des Juifs désertent Jérusalem et se retirent à Qumrân, c'est à Israël qu'ils s'adressent. Lorsque Jésus inscrit ses paroles et ses gestes dans la prophétie de Zacharie, il s'adresse à Israël. Et même, lorsque les Grands Prêtres livrent Jésus à Pilate en sacrifice « pour tout le peuple », ils s'adressent à Israël.

Sans pour autant négliger le poids des violences, des humiliations, des contraintes, il ne faut donc pas analyser la situation en Palestine au temps de Jésus selon les critères modernes d'un pays sous l'emprise d'une troupe d'occupation.

D'une certaine manière, pour Jésus et ses contemporains, la présence de Romains importe peu – ou, plus exactement, elle n'importe que de façon secondaire, indirecte. La première urgence n'est pas de se battre contre eux – c'est-à-dire de les affronter militairement – mais de se battre contre soi, de laver Israël de la faute qui a entraîné cette occupation romaine et, depuis plusieurs siècles, étrangère.

Il y a, bien sûr, des actes de résistance, des actes de guérilla mais ils sont minoritaires et combattus par les Juifs eux-mêmes comme menant Israël à sa perte. D'ailleurs en 70, puis en 135, quand les Juifs affronteront frontalement les Romains, ils seront impitoyablement défaits comme les Grands Prêtres l'avaient prédit : tant qu'Israël n'est pas pur face à Dieu, Israël ne peut vaincre…

Ici, ce ne sont pas seulement deux pays qui s'affrontent, mais deux cultures antagonistes, deux façons radicalement autres de penser le monde. Les Juifs et les Romains n'agissent pas suivant la même logique, ni même dans des règles implicitement admises par les deux adversaires. Ils ne se combattent pas à armes égales ou inégales, ils se combattent avec des armes de nature différente, dans des sphères de pensée qui s'ignorent, tant sur le plan religieux que politique, au point que l'on peut avoir l'impression qu'ils vivent et s'ignorent dans le même pays ; la réalité de l'un n'étant pas la réalité de l'autre.

Christ ou Messie

Il y a, dans les Évangiles, une histoire de Jésus en tant que Messie d'Israël, c'est-à-dire de celui qui, roi *et* prophète, établira son autorité sur le Royaume de Dieu et le Peuple Élu. Il y a aussi dans les Évangiles une histoire de Jésus en tant que Christ, c'est-à-dire de sauveur dépouillé de ses attributs royaux au sens politique et voué uniquement à une approche spirituelle du monde, qui ne s'oppose en rien à l'Empire ni à l'empereur. Suivant la première voie, qui va de Reimarus à S. G. F. Brandon en passant par R. Eisler, des historiens ont défendu l'idée d'un Jésus rebelle à l'autorité romaine, un zélote luttant politiquement pour la libération de son peuple sur lequel il aspirait à régner.

Pour les Juifs, l'histoire de Jésus, prétendu Messie d'Israël, s'arrête avec sa crucifixion par les Romains, preuve indiscutable qu'il n'était pas l'envoyé de Dieu, qu'il n'était pas celui que le peuple attendait. Comme l'explique Pierre Geoltrain : « Rien dans le déroulement de la vie de Jésus, pas sa vie historique mais sa biographie légendaire que nous racontent les Évangiles, ne montre qu'il a tous les caractères du Messie. Parce que s'il était le Messie, il ne serait pas mort sur une croix et il aurait été reconnu comme tel. Il aurait pris la tête, non seulement d'un mouvement, mais du peuple. »

Suivant la seconde voie, les exégètes chrétiens ont patiemment forgé l'image d'un Jésus refusant la violence et les brutalités du monde, n'attendant le salut que du ciel.

Pour eux, l'histoire du Christ commence, selon l'expression de Daniel Marguerat, avec « la dépolitisation du titre de Messie ». Ce qu'appuie Daniel Schwartz : « La création d'un Christ pacifique, d'un Christ moralisant, spiritualisé, universalisé, a effacé, il me semble, l'image d'un Christ de chair et de sang, nationaliste, rebelle. »

Paradoxalement, les deux images incompatibles d'un Jésus « zélote » et d'un Jésus « pacifiste » ne doivent pas être opposées mais, au contraire, additionnées comme les additionnent sans difficulté les rédacteurs des Évangiles.

De Jésus à Jésus-Christ

Ce qui est encore plus net, c'est que Jésus, s'il était le Messie ou reconnu comme tel de son vivant, n'a pu devenir « Christ » qu'après sa mort ; et seulement après elle. Henri Barbusse formulait l'idée que tant que Jésus vivait, il n'y avait pas eu de Jésus-Christ et que lorsqu'était apparu Jésus-Christ, il y avait longtemps que Jésus était mort…

Mais c'est très vite que ce passage s'est fait, que le mot « Christ » est devenu le nom propre de Jésus.

Si l'on suppose que Jésus a été crucifié aux alentours des années 30, on peut voir « Christ » utilisé comme un second nom de Jésus, voire comme son autre nom dans les épîtres de Paul, dont les premières datent environ des années 50 et même dans les toutes premières rédactions des Évangiles, dix ou vingt ans plus tard.

« Paul lui-même, selon Alfred Loisy, imposait que l'on fasse une distinction radicale entre Jésus de Nazareth et le Christ : saint Paul dit, dans l'épître aux Philippiens, que le "Sauveur" qui existait au ciel "en forme de Dieu" s'est pour ainsi dire "vidé lui-même en prenant la forme de serviteur et devenant semblable aux hommes". L'apôtre conçoit ainsi comme deux Christs ; celui de la foi qui était de toute éternité "en forme divine" et celui de l'Histoire qui apparut en forme humaine. On lit dans les *Actes des apôtres*, dans le premier discours que Pierre adresse au peuple de Jérusalem : "Jésus de Nazareth, homme recommandé de Dieu auprès de vous par des miracles, Dieu l'a ressuscité. Sache bien, toute la maison d'Israël, que Dieu a fait Seigneur le Christ, ce Jésus que vous avez crucifié." Ces paroles établissent aussi une distinction fort nette entre Jésus de Nazareth, homme que les Juifs ont vu et entendu, dont ils ne peuvent avoir oublié les miracles, et le seigneur Christ que Dieu a exalté en le ressuscitant. Le seigneur Christ glorifié dans la résurrection est l'objet de la foi chrétienne comme le Christ préexistant en forme de Dieu. Jésus de Nazareth est le prédicateur et thaumaturge que tout le monde a connu. »

Or Jésus-Christ aujourd'hui s'est confondu à Jésus, au point qu'il suffit d'ouvrir un dictionnaire pour lire que « Jésus-Christ est le fondateur du christianisme », comme s'il s'agissait d'une personne. Ennio Floris l'a très bien résumé : « Si l'on recherche l'origine historique de cette expression, on constate qu'elle n'avait pas la valeur d'un nom, mais d'un jugement : "Jésus est le Christ." On lit en effet, à la fin du quatrième Évangile : "Toutes ces choses ont été écrites afin que vous croyiez que Jésus est le Christ." (Jean XX, 31)

Ainsi, ce que nous employons comme un nom est au contraire l'abréviation d'un jugement. Cette constatation met en évidence le but et la nature du discours des Évangiles. Les auteurs des Évangiles n'ont pas écrit pour nous faire connaître Jésus dans son histoire, mais pour qu'on le croie Christ. Il s'agit d'un discours dont les énoncés ne sont pas des jugements historiques, mais des jugements de valeur. »

C'est de cette manière que l'on peut lire les Évangiles et les textes du Nouveau Testament. Chacun ayant sa singularité et son point de vue sur cette question, leur point commun est de nous montrer ou de nous démontrer comment Jésus est bien « le Christ », cette figure théologique qui a été arrachée au judaïsme.

Malgré les apparences, en effet, « Christ » ne traduit nullement le mot « messie ».

Dans le *Dialogue avec Tryphon*, Justin, qui imagine, au IIe siècle, sa dispute avec un rabbin, met dans la bouche de Tryphon cette objection : « Le Christ, à supposer qu'il soit né et qu'il existe quelque part, c'est un inconnu. Il ne se connaît même pas lui-même, il n'a aucun pouvoir tant qu'Élie ne sera pas venu l'oindre et le manifester à tous ; vous, ce que vous avez accepté, c'est un on-dit, vous vous êtes façonnés vous-même un Christ. »

Pour Pierre Geoltrain, « il est clair que la polémique entre le rabbin et le Père de l'Église porte non pas sur la possibilité qu'un homme soit le Messie, même s'il n'est pas encore révélé, même si Élie n'est pas venu l'oindre pour le manifester à tout Israël…

Ce qui est en question pour ce Juif qu'est Tryphon, c'est l'affirmation que Jésus *est* le Christ. Un aveu qui est effectivement le point faible du côté chrétien »...

D'un point de vue juif, le Messie – voire le Christ – ne peut l'être que d'évidence... hormis Élie, nul ne peut le désigner.

« Avec le temps, dit Moshe Bar-Asher, le mot *christos* va créer un barrage entre le judaïsme et le christianisme, un écran, un rideau. Le christianisme a pris le mot *mashiar* et a mis dans ce mot un renouveau de la royauté avec une nouvelle interprétation. Le judaïsme parle de Messie lié à la maison de David en tant que renouveau politique et religieux. Le christianisme a pris le mot "messie" et le lie clairement à la maison de David, mais il l'interprète comme un renouveau religieux et non un renouveau politique. Les philosophes juifs disent que le Messie est un homme qui viendra. S'il est déjà venu, c'est un faux Messie, un mensonge. »

Jésus est mort crucifié par les Romains... Le grand miracle qu'il espérait n'a pas eu lieu... Le royaume d'Israël n'a pas été restauré, au contraire, les défaites de 70 et de 135 vont définitivement marquer l'écrasement des Juifs. Pendant ce temps, l'espace de ce même siècle, les Évangiles et les premiers chrétiens vont enlever Jésus à la Palestine et au judaïsme, le prophète galiléen va se muer en Christ universel...

Comment un tel retournement de l'Histoire a-t-il pu se produire, sinon par l'écriture ?

Glossaire

APOCRYPHE : du grec, « *soustrait au regard* », « *caché* », « *secret* ». Le terme qualifie les écrits religieux non reconnus par les canons de l'Ancien et du Nouveau Testament. Il existe des évangiles apocryphes, des actes apocryphes, des apocalypses apocryphes... qui s'opposent aux textes canoniques.
CANONIQUE : quasiment fixé à la fin du IVe siècle, le canon est la liste officiellement admise des Écritures chrétiennes. Le Nouveau Testament est constitué de vingt-sept livres canoniques.
CORPUS : selon Bernard Dubourg, « agrégat de textes tendant à prendre l'aspect d'un tout cohérent ».
DEUTÉRONOME : de l'hébreu « *seconde loi* », il est le dernier livre du Pentateuque, c'est-à-dire de la loi hébraïque, la Torah. C'est un code religieux.
DOCÈTE : du grec « *sembler* » ; les docètes défendaient l'idée que Jésus n'était qu'un être spirituel ; qu'il n'avait été crucifié qu'en image.
ÉCRITURE : on appelle « Écriture », d'un point de vue chrétien, les textes de la Bible hébraïque ; dans le Nouveau Testament, l'Écriture, « ce qui est écrit », constitue la référence fondamentale.
ÉVANGILE : du mot grec « *bonne nouvelle* », il devient après le IIe siècle la façon de désigner le genre littéraire qui met en scène sous la forme d'un récit l'annonce de cette « bonne nouvelle », c'est-à-dire la vie et la mort de Jésus-Christ.
EXÉGÈSE : du mot grec signifiant « *explication* », il indique la recherche du sens d'un texte. Les exégètes sont ceux qui se consacrent à ce travail. L'usage du mot est quasiment limité à l'étude de l'Ancien et du Nouveau Testament.
EXODE : désigne la migration que plusieurs tribus juives firent d'Égypte en Canaan, au XIIe siècle avant notre ère. Le deuxième livre du Pentateuque porte ce nom.
GNOSE : doctrine philosophico-religieuse, née avant notre ère chrétienne, proposant une « connaissance révélée » (*gnosis*, en grec) supérieure et ésotérique des mystères de Dieu, de l'homme

et du monde. Les gnostiques seront un courant de pensée très puissant, y compris dans certains courants du christianisme primitif qui refusent la réalité de l'incarnation de Jésus…

MISHNA : du mot hébreu « *répétition* », il désigne la partie la plus ancienne du Talmud, mise par écrit au IIe siècle de notre ère.

PENTATEUQUE : cinq premiers livres de la Bible (Genèse, Exode, Lévitique, Nombres, Deutéronome) constituant pour les Juifs la Loi par excellence, la Torah.

PÈRES DE L'ÉGLISE : écrivains chrétiens de langue grecque ou latine qui, de la fin du Ier au VIe siècle, ont explicité la doctrine chrétienne. La « patristique » est l'ensemble de leurs œuvres.

RECENSION : forme – fidèle ou non – donnée à un texte ancien par un copiste ou un éditeur postérieur.

SANHÉDRIN : assemblée juive de soixante et onze membres ; il fonctionne jusqu'à la destruction du Temple en 70 comme l'autorité suprême en matière religieuse et politique. Le Sanhédrin siège dans le Temple de Jérusalem.

SEPTANTE : nom donné à la traduction grecque de la Bible hébraïque (IIIe-IIe siècle avant J.-C.) que la légende attribuait à soixante-dix (ou soixante-douze) Juifs d'Alexandrie.

SHABBAT ou **SABBAT** : repos hebdomadaire (du vendredi soir au samedi soir) que la Loi impose aux Juifs pour le consacrer à Dieu.

SYNOPTIQUES : qualificatif des Évangiles de Matthieu, Marc et Luc, qui se prêtent, par leurs nombreuses similitudes, à la mise en parallèle des textes traitant du même thème, et qui permettent leur comparaison « d'un seul regard » (en grec, *sunopsis*). De ce fait, les synoptiques diffèrent du quatrième Évangile, l'Évangile de Jean, dont le récit est composé très différemment.

TALMUD : ensemble de la loi juive orale, mise par écrit par les rabbins. On distingue le Talmud de Jérusalem (IVe siècle de notre ère) et le Talmud de Babylone (Ve siècle de notre ère), plus complet.

TORAH : codification écrite de la Loi juive, attribuée à Moïse et transmise par le Pentateuque, c'est-à-dire les Livres de la Bible suivants : la Genèse, l'Exode, le Lévitique, les Nombres et le Deutéronome.

TRADITION : histoire d'un texte depuis les matériaux primitifs jusqu'à la forme littéraire connue aujourd'hui.

VARIANTE : états différents d'un même texte dont on retrouve à travers les manuscrits, les citations, les traductions, des attestations différentes. Il en existe environ cent mille pour le Nouveau Testament

Chronologie

env. - 1000	Royaume d'Israël fondé par David.
env. - 930	Séparation du Royaume du Sud (Juda) et du Royaume du Nord (Israël).
- 720	Invasion par les Assyriens du royaume d'Israël.
- 590	Prise de Jérusalem et de Juda par les Babyloniens.
- 166	Soulèvement des Macchabées.
- 63	Prise de Jérusalem par Pompée.
- 4	Mort d'Hérode le Grand, roi des Juifs, et division de son royaume.
0	Point théorique du début de l'ère chrétienne.
4	Hérode Antipas devient tétrarque de Galilée (jusqu'en 39).
6	La Judée et la Samarie deviennent provinces romaines sous administration directe. Soulèvement de Judas le Galiléen.
14	Tibère, empereur jusqu'en 37.
18	Caïphe, Grand Prêtre du Temple de Jérusalem jusqu'en 36.
26	Ponce Pilate, préfet de Judée jusqu'en 36.
vers 30	Mort de Jésus ?
37	Caligula, empereur.
41 ou 49	Décret de Claude expulsant les Juifs de Rome.
env. 55	Première Épître aux Corinthiens de Paul.
54	Néron, empereur.
62	Lapidation de Jacques, frère de Jésus.
66 - 70	Révolte juive et destruction du Temple. Prise de Jérusalem par les Romains.
73	Chute de Massada.
132 - 135	Seconde révolte juive sous la conduite de Simon Bar Koshba.
env. 134	Jérusalem devient Ælia Capitolina et est interdite aux Juifs
env. 135	Papyrus Ryland – fragment le plus ancien d'un Évangile jamais découvert.
env.175	Papyrus Bodmer – exemplaire le plus ancien d'une copie presque complète de l'Évangile de Jean.
env. 325	L'empereur Constantin se convertit au christianisme.

Repères historiques

Hérode Ier ou Hérode le Grand : fondateur de la dynastie hérodienne qui collabore avec les Romains, il se fait proclamer roi et se maintient au pouvoir de 37 à 4 avant J.-C. C'est sous son règne qu'est située traditionnellement la naissance de Jésus.
Hérode Antipas (ou Hérode dans les récits de la vie publique de Jésus) : tétrarque de Galilée de 4 avant J.-C. à 39 après J.-C.
Hérode Agrippa : petit-fils d'Hérode Ier, il reconstitua pour une brève période (41 - 44 après J.-C.) le royaume de son grand-père, grâce à l'appui des empereurs Caligula et Claude.
Archelaüs (Hérode) : fils d'Hérode Ier, il avait reçu à la mort de son père (4 avant J.-C.) le gouvernement de la Judée, de la Samarie et de l'Idumée, mais fut déposé par Auguste (6 après J.-C.) et la Judée passa sous la tutelle directe de Rome.
Hérode Philippe Ier : appelé simplement Philippe dans les Évangiles : un des fils d'Hérode Ier, tétrarque des régions transjordaniennes (4 avant J.-C. - 34 après J.-C.).
Hérodien : désigne la dynastie originaire d'Idumée dont les membres ont gouverné tout ou partie de la Palestine, sous des titres divers, de 47 avant J.-C. à la prise de Jérusalem par Titus (70 après J.-C.).
Ponce Pilate : préfet de Judée de 26 à 36 après J.-C. Sa présence en Palestine est attestée autant dans les œuvres de Flavius Josèphe et de Philon d'Alexandrie que par une pierre portant son nom découverte à Césarée.
Prêtre (Grand Prêtre) : dans la religion judaïque, membre d'une des familles sacerdotales responsables du service cultuel

au Temple ; dans les Évangiles, il est fait mention d'Ann (Grand Prêtre de 6 à 15) et de son beau-fils (?) Caïphe (Grand Prêtre de 18 à 35).

Pharisien : parti religieux-laïc opposé au pouvoir des Sadducéens. Après la chute du Temple, les Pharisiens seront ceux qui reconstruiront le judaïsme pour lui donner la forme que nous lui connaissons aujourd'hui.

Qumrân : site archéologique au nord-est de la mer Morte où l'on a mis au jour, à partir de 1947, un ensemble de bâtiments de type monastique ayant abrité une communauté. Ceux-ci semblent avoir été violemment détruits au cours de la révolte juive de 66 - 70 après J.-C. On y a retrouvé de nombreux manuscrits bibliques et sectaires datant de cette époque.

Samaritain : communauté juive dissidente dont la rupture avec le judaïsme date de 925 av. J.-C. environ. Leur temple, rival de celui de Jérusalem, est situé sur le mont de Garizim.

Saducéen : secte juive dont les membres appartenaient surtout à l'aristocratie sacerdotale et jouaient un rôle politique important.

Temple : le premier Temple a été édifié au temps de Salomon (Xe siècle avant J.-C.) et détruit par les Babyloniens. Le Temple du temps de Jésus est le second rebâti au retour d'exil (VIe siècle) et considérablement aménagé et enrichi par Hérode le Grand à partir de l'an - 20. Sa destruction au cours de la prise de Jérusalem par Titus (70 après J.-C.) marque l'écrasement de la première révolte juive.

Zélote : parti juif religieux politique fondé par Judas le Galiléen en vue de s'opposer au recensement de Quirinius. Les zélotes menèrent une lutte à la fois contre les Romains et contre les Juifs soupçonnés de collaborer avec eux par manque de zèle envers Dieu.

Bio-bibliographies des participants

◆ **Christian-Bernard Amphoux** est spécialiste de l'histoire du texte et de la langue du Nouveau Testament. Chercheur au CNRS, il dirige le Centre de recherches textuelles Jean-Duplacy à Lunel-Montpellier. Il a notamment publié, avec Léon Vaganay, *Initiation à la critique textuelle du Nouveau Testament* (Cerf, 1986), ainsi que *La Parole qui devint Évangile* (Éditions du Seuil, 1993) et *L'Évangile selon Matthieu, Codex de Bèze* (Le Bois d'Orion, 1996).

◆ **Moshe Bar-Ascher**, linguiste, enseigne à l'Université de Jérusalem. Il est président de l'Académie des langues hébraïques d'Israël. Il a publié de nombreux articles sur les langues sémitiques, leur histoire, leur grammaire. Parmi ses livres, citons : *Palestinian and Grammatical Problems* (1977), *The Tradition of Michnaic Hebrew in the Communities of Italy* (1980).

◆ **Marie-Émile Boismard** travaille depuis de nombreuses années à l'École biblique et archéologique de Jérusalem. Spécialiste de l'Évangile de Jean, il a édité les trois tomes de la *Synopse des Évangiles* (en collaboration avec P. Benoît et A. Lamouille). Cet ouvrage de référence a également été traduit à travers le monde. Ses recherches concernent principalement la critique textuelle comme en témoignent *La Vie des Évangiles*, avec A. Lamouille (Cerf, 1980) et surtout *Moïse ou Jésus* (Leuven University Press, 1988). Il est également l'auteur de *Faut-il encore parler de « résurrection » ?* (Cerf, 1995) et de *À l'aube du christianisme, avant la naissance des dogmes* (Cerf, 1998).

◆ **Alan Culpepper** (Mercer University, Atlanta), spécialiste de l'Évangile de Jean du point de vue de la critique narrative, a notamment publié aux États-Unis *Anatomy of the Fourth Gospel, A Study in Literary Design* (1983), *The Johannine School* (1975), *John the Son of Zebedee : the Life of a Legend* (1994).

◆ **Joseph A. Fitzmyer**, jésuite, est professeur émérite de l'Université catholique d'Amérique à Washington. Spécialiste de l'Évangile de Luc, sur lequel il a publié un vaste commentaire, il l'est aussi des questions touchant aux origines sémitiques des textes évangéliques, notamment son substrat araméen. Il a publié de très nombreux livres, parmi lesquels *Essays on the Semitic Background of the New Testament, The Dead Sea Scrolls, The Gospel according to Luke, The Gospel according to Paul*...

◆ **Ennio Floris**, originaire de Cagliari (Sardaigne), est docteur en théologie de l'Angelicum de Rome et docteur en philosophie de l'université de Paris. Il est l'auteur de *Sous le Christ, Jésus* (Flammarion, 1987) où il développe sa méthode d'analyse référentielle des Évangiles. Il prépare actuellement un essai sur Judas.

◆ **Sean Freyne** est professeur de théologie au Département d'Études hébraïques, bibliques et théologiques du Trinity College de l'université de Dublin et membre du comité de rédaction de la revue internationale *Concilium*. C'est un spécialiste de l'histoire sociale et politique de la Galilée au Ier siècle, à laquelle ont été consacrées la plupart de ses publications.

◆ **Pierre Geoltrain**, directeur d'études à l'École pratique des hautes études (Paris), est spécialiste de l'histoire des idées et des origines du christianisme. Il a dirigé, avec François Bovon, l'édition des *Écrits apocryphes chrétiens* pour la Bibliothèque de La Pléiade chez Gallimard (1997).

◆ **Christian Grappe**, maître de conférences à la Faculté de théologie protestante de l'université des Sciences humaines de Strasbourg, a publié aux Presses universitaires de France *D'un Temple à l'autre* (1992) et *Images de Pierre aux deux premiers siècles* (1995). Il travaille principalement sur le premier christianisme de l'Église de Jérusalem.

◆ **Pierre Grelot**, professeur honoraire à l'Institut catholique de Paris (École des langues orientales anciennes et Faculté de théologie), a été membre de la Commission biblique pontificale. Auteur de nombreuses participations à des encyclopédies et volumes collectifs ainsi que de plus d'une vingtaine d'ouvrages d'exégèse et de théologie biblique (dernièrement : *La Tradition apostolique, Réponse à Eugène Drewermann, Dieu le Père de Jésus-Christ, Les Juifs dans l'Évangile selon Jean),* il est également un des grands spécialistes de l'araméen du Nouveau Testament – citons notamment *L'Origine des Évangiles, Controverse avec Jean Carmignac* (Cerf, 1986). Il vient de publier les deux tomes de *Jésus de Nazareth, Christ et Seigneur* (Cerf, 1997-1998).

- **Martin Hengel**, professeur émérite de Nouveau Testament et d'Antiquités juives à l'université de Tübingen. Depuis son classique *Die Zeloten* (1961), ses livres sont traduits en neuf langues. Citons : *La Crucifixion dans l'Antiquité* (Cerf, 1981) et dernièrement *The Prechristian Paul* (1991), *Judaïca et Hellenistica* (1996), *Paul between Damascus and Antioch* (1997).
- **Éric Junod**, actuellement recteur de l'université de Lausanne, enseigne l'histoire du christianisme à la Faculté de théologie. Spécialiste du christianisme primitif, ses publications concernent principalement Origène, Philon d'Alexandrie et les apocryphes du Nouveau Testament comme *L'Évangile de Pierre* dont il a assuré une nouvelle édition commentée pour La Pléiade (Gallimard).
- **Jean-Pierre Lemonon**, professeur d'exégèse néo-testamentaire et d'histoire du Ier siècle à la Faculté de théologie de l'Université catholique de Lyon dont il a été le doyen (1985-1991), est l'auteur de l'ouvrage de référence sur Ponce Pilate, *Pilate et le gouvernement de Judée* (Gabalda, 1981) et récemment, avec J. Comby, de *Rome face à Jérusalem, regards des auteurs grecs et latins* (Cerf, 1992). Il a aussi publié *Le Monde où vivait Jésus* en collaboration avec H. Cousin et J. Massonnet (Cerf, 1997).
- **Malcom Lowe,** membre de l'Œcumenical Theological Research Fraternity en Israël, est également l'éditeur de la revue *Immanuel* et travaille tout particulièrement sur le dialogue chrétiens-Juifs à travers le Nouveau Testament.
- **Hyam Maccoby**, professeur au Leo Baeck College de Londres,

a été rédacteur en chef de *The Jewish Quaterly*. Il a publié notamment *Revolution in Judaea (Jesus and the Jewish Resistance)* (1980), *Judas Iscariot and the Myth of Jewish Evil* (1992). Son dernier livre est *A Pariah People : the Anthropology of Antisemitism* (1996), traduit en français : *Paul et l'invention du christianisme* (Lieu commun, 1987).

- **Daniel Marguerat**, professeur de Nouveau Testament à l'université de Lausanne, où il travaille au sein de l'Institut des Sciences bibliques. À côté de livres destinés à un plus large public, notamment *L'Homme qui venait de Nazareth* (Éd. du Moulin, 1990), il dirige aux Éditions Labor et Fidès à Genève la collection « Le Monde de la Bible » où il a publié Oscar Cullmann, François Bovon, Jean Zumstein, Maurice Carrez, J.-D. Kaestli, François Vouga, Pierre Prigent et son *Jugement dans l'Évangile de Matthieu* (1981). Il vient de diriger *Le Déchirement. Juifs et chrétiens au Ier siècle* (Labor et Fidès, 1996).
- **Frans Neirynck,** professeur émérite de l'université de Louvain (Leuven), édite de nombreuses revues et est l'auteur d'un nombre considérable d'articles consacrés à l'étude du texte du Nouveau Testament. Notons, parmi son importante bibliographie, ses ouvrages les plus récents chez Leuven University Press : *Q-Synopsis : The Double Tradition Passages in Greek* (1988 et 1995), *The Minor Agreements in a Horizontal-Line Synopsis* (1991), *Evangelica II : 1982-1991* (1991), *The Gospel of Mark* A Cumulative Bibliography : 1950-1990 (1992). Trois volumes de *Mélanges* lui ont été consacrés en 1992. *The Four Gospels, Festschrift Frans Neirynck* (1992).
- **Étienne Nodet**, ancien élève de l'École polytechnique, dominicain de l'École biblique et archéologique française de Jérusalem, assure la traduction et l'édition commentée des *Antiquités juives* de Flavius Josèphe (sur les huit prévus, deux volumes sont parus aux éditions du Cerf). Après son *Essai sur les origines du judaïsme* chez le même éditeur, il a publié, en collaboration avec Justin Taylor, *Essai sur les origines du christianisme* (1997).
- **Enrico Norelli** enseigne à la Faculté autonome de théologie protestante de l'Université de Genève. Ses publications portent

principalement sur la littérature apocryphe, les apologistes, Marcion, Irénée de Lyon, les doctrines eschatologiques, le rapport avec le judaïsme et l'histoire de l'exégèse chrétienne ancienne. Il est l'auteur de plusieurs ouvrages sur *L'Ascension d'Isaïe* dont une édition traduite et commentée chez Brepols (1993) ainsi que pour La Pléiade (Gallimard, 1997). Avec Daniel Marguerat et J.-M. Posset, il a dirigé la publication du volume collectif *Jésus de Nazareth, nouvelles approches d'une énigme* (Labor et Fidès, 1998).

- **Charles Perrot,** professeur honoraire de l'Institut catholique de Paris, bibliste, spécialiste du judaïsme contemporain de Jésus, est, en particulier, l'auteur de *Jésus et l'Histoire* (Desclée, 1993), devenu un livre de référence sur la question historique à propos de Jésus et du judéo-christianisme des premiers temps. Il vient de publier *Jésus de Nazareth, Christ et seigneur des premiers chrétiens* (Desclée, 1997).
- **Émile Puech**, directeur de recherches au CNRS, est co-éditeur en chef des manuscrits de la mer Morte, directeur de la *Revue de Qumrân*. Épigraphiste, il a publié un nombre considérable d'articles dans des revues du monde entier… Il est également membre de la Société des lettres, sciences et art de l'Aveyron (Rodez), membre du Conseil éditorial de la revue *Le Monde de la Bible* (Bayard) et consultant pour le projet de l'*Encyclopædia of the Dead Scrolls* (New York). Il est co-auteur du volume collectif *Qumrân et les manuscrits de la mer Morte, un cinquantenaire* (Cerf, 1997).
- **Daniel Schwartz** est professeur au Département d'Histoire juive à l'Université hébraïque de Jérusalem. Il a publié : *Agrippa I : The Last King of Judea* (1990) et *Studies in the Jewish Background of Christianity* (1992). Il prépare actuellement une édition critique du *Second Livre des Macchabées* dont il assurera aussi la traduction.
- **Jean-Marie Sevrin,** spécialiste de l'Évangile selon Jean et des écrits gnostiques coptes, enseigne à la Faculté de théologie et de droit canonique de l'Université catholique de Louvain-la-Neuve. Hormis ses publications concernant les textes de Nag Hamadi,

il a dirigé *The New Testament in Early Christianity*, la réception des écrits néo-testamentaires dans le christianisme primitif (Leuven Universtiy Press, 1989).

- **Guy Gedaliahu Stroumsa,** spécialiste de la Gnose, enseigne à l'Université hébraïque de Jérusalem. Il a publié des textes dans de nombreux ouvrages collectifs et, à titre individuel : *Another Seed : Studies in Gnostic Mythology* (1984), *Savoir et Salut* (Cerf, 1992), *Hidden Wisolom : Esoteric Traditions and the Roots of Christian Mysticism* (1996).
- **Étienne Trocmé,** professeur émérite de l'université des Sciences humaines de Strasbourg, a été président de Strasbourg-II, doyen de la Faculté de théologie protestante et premier vice-président de la conférence des présidents d'université. Il est directeur de la *Revue d'histoire et de philosophie religieuse*, et préside notamment la Société internationale pour l'étude du Nouveau Testament et la Société Ernest-Renan. Parmi ses publications : *La Formation de l'Évangile selon Marc* (PUF, 1963), *Jésus de Nazareth vu par les témoins de sa vie* (Delachaux et Niestlé, 1972), *The Passion as Liturgy* (1983), *L'Enfance du christianisme* (Éditions Noêsis, 1997).
- **Gerd Theissen** est professeur de Nouveau Testament au Séminaire de théologie protestante de l'université de Heidelberg. Spécialiste de la sociologie de la Palestine au Ier siècle, il lui a consacré plusieurs de ses ouvrages. Certains ont été traduits en français : *Le Christianisme de Jésus* (1978), *Histoire sociale du christianisme primitif* (1996) et *L'Ombre du Galiléen, récit historique* (Cerf, 1994). Il vient de faire paraître, avec A. Merz, *Der Historiche Jesus* (1996).
- **Joe Zias,** anthropologue au département des Antiquités israéliennes, où il travaille au musée Rockefeller, a publié de très nombreuses études, notamment sur les ossements du seul crucifié jamais découvert, *The Crucified Man from Giv'at ha Mirta*. Il a aussi travaillé à la question de la crucifixion elle-même, tant sur le plan historique que sur le plan médical (et sur l'histoire de ses représentations).

Repères bibliographiques

- P. Benoît et M.-É. Boismard : *Synopse des quatre Évangiles* (Cerf, 1990)
- Pierre-Antoine Bernheim, *Jacques, frère de Jésus* (Éditions Noêsis, 1996)
- Marie-Émile Boismard : *Moïse ou Jésus* (Leuven University Press, 1988)
- S.G.F. Brandon : *Jésus et les zélotes* (Flammarion, 1975)
- Rudolph Bultmann : *Jésus, mythologie et démythologisation* (Le Seuil, 1968)
- Collectif : *Les Évangiles* (Desclée de Brouwer, 1990)
- Oscar Cullmann : *Jésus et les révolutionnaires de son temps* (Delachaux et Niestlé)
- Bernard Dubourg : *L'Invention de Jésus*, tomes 1 et 2 (Gallimard, collection L'Infini, 1987 et 1989)
- Ennio Floris : *Sous le Christ, Jésus* (Flammarion, 1987)
- Paula Fredriksen, *De Jésus aux Christs* (Cerf, 1992)
- Charles Guignebert : *Jésus* (Albin Michel, réédition 1969), *Le Christ* (Albin Michel, réedition 1969)
- Pierre Grelot : *Les Juifs dans l'Évangile selon Jean* (Gabalda, 1995), *L'Espérance juive à l'heure de Jésus* (Desclée, 1996)
- Mireille Hadas-Lebel : *L'Hébreu, trois mille ans d'histoire* (Albin Michel, 1992), *Flavius Josèphe* (Fayard, 1989)
- Tristan Hannaniel : *Les Controverses du christianisme* (Bordas, 1992)
- Helmut Koester et François Bovon : *Genèse de l'écriture chrétienne* (Brépols, 1991)
- Simon Légasse : *Le Procès de Jésus*, tomes 1 et 2 (Cerf, 1994)
- Charles Perrot : *Jésus et l'Histoire* (Desclée, 1993)

- *Écrits apocryphes chrétiens* (Gallimard, La Pléiade, 1997)
- Michel Quesnel, *L'Histoire des Évangiles* (Cerf, 1987)
- Louis Rougier, *La Genèse des dogmes chrétiens* (Albin Michel, 1972)
- Graham Stanton, *Parole d'Evangile?* (Cerf, 1997)
- Raoul Vaneigem : *La Résistance au christianisme* (Fayard, 1993)
- François Vouga, *Les Premiers pas du christianisme* (Labor et Fidès, 1998)
- Sous la direction de J.-D. Kaestli et D. Marguerat : *Le Mystère apocryphe* (Labor et Fidès, 1995)

Pour mémoire, nous renvoyons à quelques textes fondamentaux mais disponibles uniquement en bibliothèque :
- l'ensemble de l'œuvre d'Alfred Loisy (1856-1940),
- Maurice Goguel : *Jésus* et *La Naissance du christianisme*,
- Joseph Klausner : *Jésus de Nazareth*,

et les ouvrages des historiens rationalistes comme Prosper Alfaric, P.-L. Couchoud, Georges Ory ou Daniel Massé.

Les citations d'Origène, *Contre Celse* (traduction Marcel Borret), de Tertullien, *Contre Marcion* (traduction René Braun), de Méliton de Sardes, *Sur la Pâque* (traduction Marcel Borret), de *L'Évangile de Pierre* (traduction M.-G. Mara) proviennent de la collection Sources chrétiennes (Cerf).

L'œuvre de Justin, présentée par Jean-Daniel Dubois, traduite par G. Archambault et L. Pautigny a été publiée par les éditions Migne-Brépols (1994).
Les éditions du Cerf assurent l'édition de Philon d'Alexandrie et en particulier de *Legatio ad Caïum* (traduction André Pelletier) et des *Antiquités juives* de Flavius Josèphe (traduction en cours sous la direction de Étienne Nodet).
La Guerre des Juifs, présentée par Pierre Vidal-Naquet (traduction Pierre Savinel), est publiée par les éditions de Minuit (1977).

Ecrivains et cinéastes, **Gérard Mordillat** et **Jérôme Prieur** ont réalisé ensemble un grand documentaire, *La Véritable Histoire d'Artaud le Momo* (avec Paule Thévenin, Marthe Robert, Henri Thomas, Jacqueline Adamov et Henri Pichette), puis écrit pour le cinéma l'adaptation du journal de Jacques Prevel, *En compagnie d'Antonin Artaud*, réalisé par Gérard Mordillat – avec Sami Frey, Marc Barbé, Julie Jézéquel, Charlotte Valandrey et Valérie Jeannet.

Au terme de ces deux films, Gérard Mordillat et Jérôme Prieur ont assumé la nouvelle édition commentée de l'œuvre de Jacques Prevel, *En compagnie d'Antonin Artaud* suivi de *Poèmes* (Flammarion).

Ce travail de référence sur Antonin Artaud a été récompensé par le prix de l'Académie Charles-Cros, le prix Max-Pol-Fouchet de la Société des gens de lettres et le Prix spécial de la Société des auteurs et compositeurs dramatiques. Enfin, ils ont reçu la médaille Yedi-Frends pour leurs recherches.

Mille et une nuits propose des chefs-d'œuvre pour le temps d'une attente, d'un voyage, d'une insomnie…

15 mars 98

LES PREMIERS LIVRES EN EURO

Nouveautés

n° 196 Bossuet, *Sermon sur l'ambition* : 1 euro/6,50 F
n° 197 Maïakovski, *Le Nuage en pantalon* : 1,50 euro/10 F
n° 198 Karl Kraus, *Aphorismes* : 2 euro/13 F
n° 199 *Genèse* : 2,50 euro/16F50
n° 201 Cyrano de Bergerac, *L'Autre Monde* : 3 euro/19,50 F
n° 202 Proust, *Les Plaisirs et les Jours* : 3,50 euro/23 F

Réimpression

n° 9 Miguel de Cervantes, *L'Amant généreux* : 1,5 euro/10 F
n° 18 Sénèque, *Sur la brièveté de la vie* ; 1 euro/6,50 F
n° 31 Prosper Mérimée, *Carmen* ; 2 euro/13 F
n° 53 Pascal, *Discours sur les passions de l'amour* : 1 euro/6,50 F
n° 59 Sade, *Français, encore un effort si vous voulez être républicains* ; 1,5 euro/10 F
n° 98 Spinoza, *Traité de la réforme de l'entendement* : 2 euro/13 F

Déjà parus chez Arte Éditions/Éditions Mille et une nuits

***Corpus Christi*, l'intégrale**
Un coffret de 6 volumes :
Crucifixion, Procès, Roi des Juifs, Pâque, Résurrection, Christos

85. Elie Wiesel/Jorge Semprun, *Se taire est impossible.*
110. Jacques Berque/Jean Sur, *Les Arabes, l'islam et nous.*
129. Pierre Legendre, *La Fabrique de l'homme occidental.*
143. Dominique Méda/Juliet Schor, *Travail, une révolution à venir.*
157. Edgar Morin/Christoph Wulf, *Planète : l'aventure inconnue.*
170. Jacques Testart/Jens Reich, *Pour une éthique planétaire.*
183. Claude Lanzmann, *Un vivant qui passe*

Hors collection

Collectif, *L'@mour est à réinventer.*
Collectif, *Cannes, les années Festival Cinquante ans de cinéma (coffret, 50 vol.).*
Claire Alby/Alfred Caron, *Passion Callas*

Pour chaque titre, le texte intégral, une postface, la vie de l'auteur et une bibliographie.

Achevé d'imprimer en mars 1998,
sur papier recyclé Ricarta-Pigna par G. Canale & C. SpA (Turin, Italie)